火光

真中朋久歌集

短歌研究社

目次

火光

2011年

2012年

装画　藤田邦統「木星で出会う」

火光

2011年

火を踏む

ファーティマの手をかかげたる戸口なればまつすぐに顔あげて待つべし

窓の外に五日の月がしづみゆく街の灯にあかき空のなかばを

温度差といへばさういふものならむ温度差がありて空気がうごく

ひとくきの野の花はきみの画帖にて三年まへのひかりをたもつ

亡き友にゆかりの山に登ります――かの春は夜のバスに行きたり

膝折りてゐるリャマの石像　いくたびもせよ遠来のものがたり

雪の日のみ屋根のしろさにそれと知れる山の中腹の寺か神社か

その朝は雪。駅構内の転轍機には火がともされてゐたといふ。祝婚一首。

あたらしき生に入らんとする朝の火を踏みてゆくひとをことほぐ

砂

よんどころなき経緯にてかの日伯父の葬儀は無断欠勤となりぬ

おほかたは代替はりしてしかもその配偶者なれば識らずも

碁石矮鶏の群遊ばせて夏の日は暮れたり川のほとりの家に

きみの妻になるべきひとを案内して漁港の町の砂を踏みたり

知らぬ間に百年祭も過ぎてゐて自筆の文字は櫃の中なる

透明な焔

ある朝の出来事

消防士ふたり走り出でて来てふり仰ぐビルの三階にわが職場あり

何ならむと思へど制止さるることあらねばエレベーターでのぼる

梯子車二台ポンプ車らしき三台ホース這ふ裏通りの銀色の人ら

何なりしと思ひつつ仕事にかかりたり持ち出し資料あらためながら

結局、何があつたのかわからない

透明な焔の焼きしこのビルに朝の物音の立ちはじめたり

九時すぎにあらはれし上司は何も知らずすでに消防車一台もあらねば

当事者であらうとすること

よき例歌拾はむとせし集《しふ》なるにああこのひとも野次馬にすぎぬ

火の粉あびて踊る野次馬に迫りつつカメラの視野の揺れて逸れたる

踊らない阿呆かわれは損得を言ひて説くこゑを聞き流したり

澄みとほる炭火のなかにしたたれる獣脂のおと焔のおと

大西巨人『神聖喜劇』。むろん傍観ではない。

人間を生きながらにし焼くことの二分を目守りき大前田某は

傀儡来てつぶりつぶりと置きゆきし石のかたちは問ひのごとしも

「繰り返しは、やばい」と言ひしは小池昌代　くりかへし唱へれば焔があがる

紅葉あかき谿に来たりてふたたびを思へばおなじふたたびはあらず

滝壺

滝壺に身を清めたる大猿《ましら》シャツ着てタイ結び駈け下りてゆく

犬は嫌だ。ことにあれこれ嗅ぎまはり騒ぎを大きくするやうな奴は

滅ぼしし恋のいくつか地下鉄の眠りと眠りのあはひに思ふも

ウォークマンがテープを回しゐしころの居眠りチョロ松もとうに死ににき

同僚の手長猿にも不器用をなじられて炎天の客先まはる

ボスの気分抜けてをらねばお客様の言ふことにまた意見してしまふ

くらがりに物喰ふ姿を見とがめて言ひつつおのれひもじくなりつ

毛づくろひせんとのびゆく手をおさへからうじてセクハラをまぬがれつ

長寿保険とは何ぞと問へば雌狐は目をあげて「鳥獣」と発音しなほす

かうするんだマネしてみいと言ひながら落ち葉重ねて指につまめる

金になるかどうかといへばこころもとないことなれどやらせてもらふ

借金のなければ余裕といふものか借金して見せる余裕であるか

人間《じんかん》に生きてゆくほかあらざれば熊野熊吉酔ひて唄へる

戯画にあらず虚構にあらず一日の業務報告は簡潔に記す

冬の河口

川船のゆきかふところ欄干にもたれてくらき水を見てゐき

慰留せしもされしもすでに退社してほとんど別の会社なり今は

カイツブリは足で泳ぐと知らざりきつぃつぃつぃと水中を進む

首筋にありたるちさき黒子などのちの日に思ふこともあらむか

とりあへず頭金だけ用意すると衝立のむかうに声は過ぎたり

廃棄する手書き原稿亡きひとの癖つよき文字は「雪」と読むのか

紙束に空気を入れて捌く技も今どきの機器には用のなきこと

生年月日はマークシートをぬりつぶす住所氏名に文字書きしのち

太陽にかざすにあらず扉《ドア》に触れて手指は今し静脈を読まれつ

タグボート

大陽丸昇陽丸とうちつづき今し翳るは昇陽丸ぞ

消防用放水銃をうへに向け冬の河口をさかのぼりゆく

ひゅんひゅん

隣席は電子版聖書を読む女ときをり印刷物《プリント》にチェックを入れて

十字切るやうにパネルに指ふれてひゅんひゅんと飛ぶ詩篇ダビデの歌

しやんしやんと窓にしぶける散水を頰に聞きつつ米原、関ヶ原

びりびりとこめかみに来てすぎてゆくよき音信《おとづれ》か否かは知らず

お父さんの歌は虚構と言ひきかす妻のこゑいたくちからを入れて

春彼岸まで

此岸彼岸いづれともなき郊外の団地を終《つひ》の住処とぞいふ

わが生家も似たやうな団地もうすでに更地となりし企業城下町の社宅

ひとの住む場所と思ひて選びたる町に現役《このよ》のひとの少なし

髭づらで昼から出勤する男を誰もたれも現役《かたぎ》と思はず

半睡のままに渡りし長き橋今日は対岸で働く日なり

白きワゴンは訪問介護かデイケアかバックしますバックします路地の奥まで

団地内私道は路地といふものか知らねどもかつては子らのあそび場

腰に手をそへて嫗を歩ましめ階段下の車椅子に乗す

耐震診断せずとも程度のわかつてゐる集合住宅に住みて五年め

地震《なゐ》ふるを予想もしつつ積むあまた蔵書の崩れむさまを思へり

みづぎはで蛙とあそびゐしものらのいくたりかは河童に殺《と》られし

娘《こ》と歩む春の林の数歩さきにがさがさと鳩は交接をしき

人のをらぬ住戸と住戸の壁へだてべうべうと呼びかはす犬たち

高齢者の辞退みとめれば休む間もなくまはり来る自治会役員また管理組合理事

猫に餌付けする人間を駆除せよと極論なれば人を鼓舞する

墓標といふ形容も見慣れたものとなり塗りかへて白き壁面ならぶ

水仙はもう咲かぬのか鉢にいでし葉のほそほそと末枯れたるのみ

おほむねは季節たがはず咲く花のほうほうと団地めぐる街路樹

長く生きようとするなら無理したらあかんのよおと言ひてわらへり

もう早う行《い》こやとふ声は階段の上からか下からかわからず

「名瀬震度2震源は地中海」（一九九九年八月十七日）は誤報であった。

万の死を思はざりけるかの日のことよぎりしがただに息つめてしばらく

大阪。雑居ビルの三階は軋みつつ

周期ながき揺れに酔ひつつその午後もバグ追ひてゐし三月十一日

父母と義父母の家は茨城県北部

情報の途絶を不安と思はざる老夫婦と連絡のつかぬままに数日

孤立集落にあらねど外観の無傷には安否確認も入らず

東海原子炉二〇キロ圏なれば他人ごとならずとそのつど思ふ　そのつど

水戸巖（1933―1986）

水戸巖計算図なども出でてきてあああところゑにならぬこゑ吐く

およそ五十人の
たたへねぎらふべしと思へどころゐたかき諸君らのなんと嬉しさうなる

人災を言ひつのる馬鹿は万全の岩窟の内に閉ぢ込めるべし

天罰を言ふもひとつの見識なれどゆめみづからをよそに置くべからず

冷静に言へばさかしらと聞こゆるか何か隠してゐると見ゆるか

想定とは想定レベルの選択にすぎぬといへば混乱するか

テレビ消せ　と言ひてふたたび原稿にむかへばまつくろき水は波うつ

この山のつづき

かひやぐらしづむごとしと思ひつつ息吐きてかひやぐらを瞻《まも》る
とうに死にて死につづけたるひとびとが新しき死者を迎へるごとし

どの街にもほどほどに馴染み暮らしたり生まれたる街ほどに憎まず

雨のなかを歩み来たりて水滲む靴のうちがはゆびをうごかす

お忘れになりましたかと言ひながらうしろから肩にふれるてのひら

あなたのたましひは譲渡されましたとしらかみを目のまへにかざせり

ほんたうのことを言つてもよいのかと脅かすやうに言へりほんたうとはなにか

人智こごる塔にはあらずいくたびもほころびを見きいくつかはふさぎき

稍《やや》知るといふほどなれどほころびのひとつふたつに触れしことあり

あらたなる生贄はこれと指さしてふたたびの春もめぐりくるべし

美のかぎりつくし咲く花のうつしみを思へりこの山のつづきに

筆圧

さんずいのかはとぞいひてまなうらにふなだまりある岸をゑがけり

春日井建設　と打ちて一字を消しながら伽藍のごときに射す夕ひかり

ボールペンの筆圧つよき痕ありて二枚めくつたところより書く

決着はついたと思つてゐるらしき老人を前に口はとざさむ

鴉の群椋鳥の群を折々に見れど尾長の群をわれはよろこぶ

2012年

龍の背

やがて喰ひやぶつて出てくるのかわが裡の龍を恃み懼るる

背を見せる〈竜〉横腹をさらす〈龍〉軽々しく置き換へてはならず

ほんたうのことしか言はぬといふひとにつきあふしばしわれは遠慮す

阿片窟知らねど煙り朦々のなかに肘つきて目つむる人ら

いくたびか目をあげて見る——天井から長く吊られたる五円硬貨

裡に龍がゐるのではなく龍の背にからうじて住んでゐるにあらずや

二度死ぬことはあらねど再びを殺されるといふことあり死者には

雨しぶく高速道の車輪しやりん白い炎にまみれる車輪

墳丘

今城塚古墳

かの日墳《つか》をあばきし地震《なゐ》は石棺のうちなるものをもらししや否や

木の根ふかくからみあひつつ墳丘を巻きしめてをりみどりひとむら

コバンソウかチガヤかスイバかわからねどとりとめもなくなだりにゆるる

くりくりと頭うごかすスズメバチら樹液舐めるか樹皮を齧るか

傘ふたつかたむけあひて見てゐたり大きいアメンボ小さいアメンボ

こゑはきこえず

情すなはち銭つかふことと思はねどあれこれと数へ暗算をする

寝太郎を起こすべからずといふことも諾ひ得ず足蹴にもする

いまいましき小便の音はわが息子小便の音ここに聞こゆる

ローズマリィの実生いくつも小さき双葉開きてあれどいまだ根付かず

わが歌の載つてゐるページ向かひあふ箇所に肉欲の歌あり落ち着かず

情の濃きひとと言はれてゐたりしと三十年のちに知りてなにせむ

師はすべて反面教師と思ひたるかの日より学びしこと学ばざりしこと

いい子でゐることをやめよといふにやめてみせませうかと凄んだりもせざりき

貯金とは増えゆくものと疑はず自転車漕いで通ひゐしころ

金のためあくせくするを好まねど二人子を学校にやらねばならぬ

東京の仕事が決まつたとき

お父さんがゐなくなるぞとうたふやうに言ふこどもたち　しつかりやれ

雑品をととのへながら言ふこゑのほそほそと君のこゑのみ聞こゆ

ぎんいろの丸ノ内線が露出部をゆくときのきれぎれの眠りは

咽喉しぼり啼きゐるが見ゆ窓のそとのハシボソガラスのこゑはきこえず

つくもがみ

チーズではなくマナカといひて写真撮るこの子らにわが息子なにもの

中京圏のひとびとが日々かざしゆくｍａｎａｃａおもへば身はほそりゆく

その兄をアニーと呼びて娘十四歳《じふし》翳ふかき季のいまだとば口

アララギとは何かと問へる息子のため子規から文明までひとくさり語る

さうではなくてアララギとは何かといふ息子にイチイの木などわかるかどうか

一冊をぬきたるのみにあなあやふなだれおつるを書物といへり

わが祖母の嫁入りたんす削りなほして二十年めの夏過ぎむとす

つくもがみになんなんとする桐たんす鐶鳴らしつつ妻が支度す

外光

ブラインドあけはなちたる外光のまぶしくて昼休みの節電

突つ伏してひるのやすみをねむりゐるト部美琴の背にとどくひかり

アルファ値下げてふたたび重ねあふ画像ひとところしたたるひかり

未使用ビット計算しつつ積みあげるバッファにふるき恐怖もろとも

ほしいままに眠るといふこともあらざればじんじんと頭《づ》の芯のつめたさ

日がながくなつたと言ひて別れしがとつぷりと暗き野を走りをり

虫ばかり集まつてゐる灯のめぐり一瞬に見てふたたび暗し

すべなきか——すべなしといふときの間をぐりぐりとボールペンでぬりつぶす

春は花のみを見てゐし桜木の幹にこごれる褐色の脂《やに》

自明なりとしてそのさきにすすみゆく論なれど結びまでつきあふ

フォロワーの数をきそへるものいひは野猿の群と変はることなし

部活動の延長のやうな働きぶりほどほどに褒めてわれは退く

あたらしきコンクリートのしらじらと去年まで畑でありし堤外

思へばどこから見てゐたのかわからぬ景色なれど断片のよぎる折々

醬油注しのごとき小壜に入れてあるは天丼のたれ手にとりて見れば

聞いてゐるのかと訊かれてああところあげたりこたへやうもなきこと

原因は君にあるだろと言つたりはせず選ぶ阿呆を貶めておく

アリバイのなき一時間アリバイのなき三十年のわれのすぎゆき

比喩表現のなかのひとつぞ別荘にゐるも単身赴任といふも

知つてゐる人事なれどもおどろいてみせて栄転をことほぐ

フライ・バイ・ワイヤはピアノ線吊りの特撮にあらねどどこか危ふきかんじす

遠街のビルの間にまに着陸機の黒き影ゆきぬひとつまたひとつ

夕陽あびてかがやく塔のてつぺんのレドームめぐり鴉あらそふ

配球にこころをくだくこれからと言ひて狷介な老人になる

冬鳥がくちすぼめつつ名品の青き茶碗を貶めるところ

鳥目を得るための夜の労働の灯のしたに目をしばたたくいくたび

沸騰のまへのしばらく鍋の底にあまた気泡は明滅をして

午後になつてもひたすら眠る子の部屋のひかる画鋲は上むきて鋭し

四畳半神話大系的生活をかなしみて思ひかへしたくもなし

つじつまをあはせて語る物語うすぼんやりと少女は立てり

あけはなつた扉にかかる麻暖簾西日のいろに照りはじめたり

シルクウッド

とつぷりと水風呂につかることもなくてそそくさとシャワーを終へつ

年に一度聴くかきかぬかホトトギス雨夜に一声啼きわたりゆく

ふとぶとと降る雨の音聴きながら要点のみを書きとめてゆく

抑へつけられメリル・ストリープが除染さるる場面まことおそろしかりき

松根を掘るごとくにしスイッチを切つてまはりぬ世はほの暗し

工場の街

甘やかされ手のつけられぬやうになりしもその街の出なれば兄弟

弟の殺さるるまでを見届けむ死んでも疎まるるべき弟の

石階

声なくて煮らるるにあらずこの街の雑踏をゆく夏のむすめら

祭礼の前夜街路をうめつくす人いきれただに堪へがたきかも

悪しき霊退散ねがふこゑごゑのとどろくなかに異教徒われは

帰りてをゆかな炉の辺に灰寄せて火をいましむる人のかたへに

醒めてあれ目覚めてあれとたかぶりてありし身ぬちの泡立つごとし

あなたたちも被害者と笑みて言ふひとを一瞥せしのみ石階《いしきだ》をくだる

一村の失せるありさま一国の滅ぶありさまをまつぶさに見む

みづのちからかぜのちからを制し得るやおのれの欲を制し得るや

硝子質のもの垂れてゐる炉のそばになかば硝子になりて傾く

火ぶくれをした指先に示されて砂袋ふたつ火のそばに運ぶ

名をいひて呼ぶこゑがあり顔あげればすなはち　行け　と言ひたり

点眼

遠からずひとにさにつらふ時来べし九歳童子《ここのつわらんべ》九歳童女《ここのつめわらんべ》

右の眼に点して左の眼にも点す左の眼から点ししことなし

風力にも太陽光にも商機ありと真顔ならむ声　顔あげず聞く

まつすぐに西へとむかふ街道の夕赤光のいまだ暑しも

旧街道ななめに入りふたたびを浅き角度にわかれゆきたり

栃木をすぎて

大谷石積みたるホームそのさきに鉄骨を組みのびてゆくホーム

うつりゆく『秋の日本』に遊びつつクリザンテエムを思はざりしか

性技にのみその名残すと思ひゐしがこの駅の弁当は抱へて売り歩く

倒伏したる稲田も見つつゆく旅の栃木をすぎてパーカーを着る

きみの生まれ育ちし町と知るのみのここ過ぎてなほ北に行くべし

木立のなかに椎茸の榾木なども見えひかりとかげとかげとひかりと

アスパラの畑オクラの畑見ゆなかば末枯れて太きオクラ見ゆ

ちぎれてちぎれて二輛となりし電車なり谷川の橋を今し渡りゆく

冬の木立

ノンケですと言ひてはじまるまじはりの冬の木立のさしかはす枝

のびるだけのびた山椒の太枝のすりこ木が四五本とれさうである

「ここからミリねじ」といふチョーク書きありてレールは接《つ》いでありたり

テレビ見ぬ生活もはや長きかなＮＨＫ受信料は欠かさず払ひ

スーダンにゆくひとのため書き直す冒頭三行ほどのコードを

身を守る力身を滅ぼす力知恵浅きは己が身を滅ぼす

十二歳とさげすまれたるかの日より賢きか己が力のほどに

鶚

六本の腕まはしつつ翔けりゆく阿修羅とはそも憎まるるもの

光　量

いまだ光量の足りぬ朝空のひとところ小さき雲ありて動かず

哲久の、柊二の髭を思ひつつバリカンをあててもらふ折々

箴《はり》のごときことばの快も味ははんと思へどもどこかツボを外せる

かかはりを持たざりしことも悔いのひとつかかはりは加担にほかならねども

他人《ひと》の恋見守りてありし年月の他人ごとにすぎねども口惜し

いくたびかヤドリギのことも聞きしかどヤドリギの下の二人は見えず

誰の目にも行方の知れた恋なるか雑木林に冬日あまねし

板敷きの観音堂の床板のつめたさに膝をつきてしばらく

翼ある枝をゆびさしニシキギと言ふときのひとの頰はくぼめる

子を連れて逢ひし夕ぐれ翳りたる表情は読まぬままにわかれき

われはなほ怪しきわざに手を染めにゆかむとするか本当にするか

澄江堂主人の鵠沼の庭に蟹は出入りしたか

たいてい蟹なんですよと言ひながら書架の間にみちをゆづりあふ

腕時計してゐる腕のちりちりと痒くなりたりしばらくを外す

増長をゆるさぬといふ増長を神は、神々はゆるしたまはざりき

十五年のちにも独身であるといふ楽しくもあるか独りといふは

梛の木の林のなかにかすかなる枯れ葉踏むおと谷に降りゆく

久しく触れざりし楽器なりひきよせて調弦をはじめる

火光

わが裡にほろびゆくものほろびたるものがおまへをほろぼす　かならず

線路ぎはに雉が遊んでゐたること　否、鴉らと争ひゐしこと

枯草は根までは燃えず枯草の丘を火の舌がぢりぢりとのぼる

根だやしを怖れてうからみづからに手をくださむとす　手を見せながら

おまへだけは生き残れとひとり戻されて石の壁づたひに歩む

大腕をふりまはす風車が稜線にありて立ちむかふといふにもあらず

目になみだためてゐる驢馬のことなども言ひながらなみだぐまんとするも

日なたぼこしてゐるごとく過ぎにしをただ甘やかにかへりみるのみ

ユニクロで服購ふ人とドン・キホーテで買ふ人は同じ人種であるか

光と影はひとつのものなるに影をおそれ影を踏みしめてをりにき

クロソイド曲線に沿ひてハンドルをきりゆくきりてふたたびもどす

果実生むこともあらずに銀行に腐りゆく金　長きながき冬

地に足をつけて生きると言ひしのちを石になりたるごとく動かず

切手帖のくらやみのなかのうつくしき鳥たちいつせいに発火するごとし

夜の風は裏の林に戦ぎつつ団結小屋あかあかと灯りゐたりき

武装解くこと屈従と思はねどあるいは易しと思はれてをらむ

売りぬけたと笑みたたへつつ言ふひとに支払のこと切りださむとす

おほかたの主義とは身を任すことなれば金にこころを売ることも主義

棄教せしことなく思想棄てしこともなく薄目してゐる泥のなかの葦

じたばたと屈せず機をうかがひつつ屈せずはじめから骨なくて屈し得ず

かの日上体を折るがに演説してゐしは別人にあらず子の友の母

涼しさのやがて冷えびえとするまでを待たされてをりパイプ椅子ひとつ

窓の外をいくたびかよぎる鳥の影あなたにはもう揺さぶられない

望むままに行へとわれにいふ人よそのとほりすればこの世にゐない人よ

あさましき酔ひにいたりて出でてゆきし二人に明日も会はねばならぬ

龍ののぼる火炎のはての日のかたち金色《こんじき》なりかがり火にかすか

ゆび二本ぴんと反らせて陵王は舞ふ火あかりの揺れゐるなかに

みづからの影を踏みつつみづからの影もろともに闇に飲まるる

山のむかうが燃えてゐるほのあかり都市の灯あかり　ほろびのひかり

ひと叢の榊が闇を過《よ》ぎるとき寒気の底のこゑ土のこゑ

2013年

青光

みづのなかをゆくここちして目をとぢる徐行にて過ぎる三河安城

わがものにあらざりしかどなまなまと思ふことありそのひとのこゑ

冬の時雨過ぎてふたたび陽さすとき遠山に雲の粘りつく見ゆ

今週は大阪にゐますと言ひしこと伝はらざりければひとを怒らす

ジオラマに赤き絵具を垂らしつつ目をふせて微笑むのはやめよ

穴ふたつ掘る覚悟など思ひつつ底の見えない穴を見下ろす

ぢぢむさくあるとしいへばしたしくも常磐木は冬を迎へる

コンクリートを舐《ねぶ》りたるまま眠りしか乾きたる殻のなかのまひまひ

タンパクを抜きたる米の不味さなど言ふひととゐて食をつつしむ

油揚げの味噌汁納豆冷奴ひとりの夕餉はさつさと済ます

やりすごすことができると思ひゐき二度目の冬の窓に額冷やす

Strange Brew —— Blue と思ひて口ずさみゐしころの　夜明け

べたべたのどうしやうもなき湿雪を車椅子スロープから掃き落とす

オロカなるをオロカなりといふオロカしさものいはぬことが賢にあらねど

辛勝の勝ちをよろこびたまふこゑありがたけれど笞のごとしも

梱包材あまた積み置く部屋の隅に提出資料の手直しをする

一刻の大切は春夜に限らずと吝しみ励みたるのみ　過ぎたり

東京にただよふごとくゐる父と思ひをらむか　と思ひただよふ

べつたりとくらきふくろのごときもの扉の外にぬれてありにき

踏み迷ふな踏み迷ふなと言ひあひて互みに雪を踏み崩したり

性のことにもつひに言ひおよびわたくしの罪を数へあげゆく

高架工事はじまる郊外駅にして畑の中にたつ太柱

目に見えぬ雪狼の走り過ぎる気配のありて晴れわたりたり

ゆきうさぎ仕上げたるのちアルパカのてぶくろの掌に息吹きいれる

かたくむすぶこぶしとこぶしこぶしもてにぎりこぶしにかるくふれたり

鈍重に生きねばならぬ寒の夜にご飯いちぜんをあたためて喰ふ

先週とちがふこと言ふよと前置きして別の一面のことを言ひたり

苦労人にあらねばわれは賢明と言へぬ選択をこのたびもする

山手線外回りは草の土手のうへたんたらたらとたどりてゆくも

晴れ男ハーレイ岡本にも会はず東京の二年は間もなく終る

前夜おそく着きし東京の朝明けのまぶしきひかり冬の青天

印圧

篠弘『現代短歌史』第一巻のみが活版にして印圧強し

神戸市立図書館の本を読むひとと乗りあはす東北本線名取のあたり

ガリ版を切つてゐた手だ原稿の升目のなかの行儀よき文字

ふるき紙のうへに浮きたる活版の文字さはさはとそよぎはじめつ

インテルの影くろぐろとありにけり下駄にはあらず約物にあらず

冬の林

遅くなつたり早くなつたりすることをくりかへしつつもうすぐ冬だ

ほそくひかる秒針すでに一千万回めぐりしとある夜電卓にはじけば

寒くなるぞ寒くなるぞと言ひながら内にこもつてゆくこころなり

猿真似のやうな批評をしてゐたところに猿真似と気づかなくてよかつた

枯れてなんてゐないよねつて言ひながら冬の林に先にたちてゆく

雲雀

ちりちりと雲雀のこゑの降りやまぬ丘越えてゆく　バスには乗らず

さんづけの社名に呼ばれひげのひとと呼ばれて東京の仕事が終る

つづまりは電源不足　リプレイス仕様案みたび見直されつつ

太陽と戦慄――原題に太陽あらぬこと思ひつつ春の野づらを歩む

シルビア・クリステルたかぶりてゆく場面の　あれはあきらかに盗作

カレンダーめくりつつ言ふこゑを聞くこゑ聞くのみになまへんじする

子を連れて行きあひしときアイスクリーム奢りくれたるひとの名も忘れたり

ほがらほがらに夢の大切を説きやまぬ男　の行為を黙認せしことあり

谷あひに今しさし入る朝の陽のまぶしくて町の翳を深くす

脱皮ちかき蛇の眼《まなこ》のしろじろと視界の晴れぬ日々にも耐へよ

昼休みのつかのまをねむりゐたる間に午後の予定は変へられてをりき

沼のおもて

杉山を越えて来たりし朝の陽は沼のおもての靄にふれたり

かばんから出した手帳のひんやりとしてをり来月の予定を記す

ここにゐない人のいくたりを思ひつつ宴の卓に手のひらを置く

朝日カルチャーセンター中之島教室のために

ふたつ川見おろす窓に生れいづる歌のことばののびのびとあれ

祝婚一首。土岐友浩と大森静佳に

わかさなる海と陸《くが》との逢ふところ荒《くわう》の日も晴の日もつねにあたらし

函数

生者と死者へだてる雨を聴いてゐる午後の窓辺にひとりなり今は

プログラムの効率は考へるなＣＰＵが速くなると聞きたり十五年まへも

むら消えの雪を車窓に見て過ぎぬ春は走りながら過ぎゆく

竹を裂きて積み重りゐし雪なりき陽をあびて竹ののびる音する

わが書きし函数が最も速きこと確かめてあれど　したがふ

微光

旅のなかば暗き林をゆきまどふにもあらずこころもちスロットル開く

風荒れてゐたる洞門をくぐりぬけ異なる風に煽られてをり

石段のひろきところにならびたち記念写真撮りしは二十年のむかし

笑ひ顔のみをこの世にのこしつつ消えてゆくこと　などを願ふか

帽子また失ひたると思ふとき帽子のなかのあたまもはかな

そこここに湯気あがる部屋湿度あれば呼吸が楽になる人とゐて

うすじろき蛍光灯のともりゐるあかときの部屋　急々如律令

万年に一回といふ確率の計算上のことなれば非現実か

母集団の斉一を仮定する確率論のすそ野はるかに寄る辺なけれど

わたくしは死者であるゆゑ呼ばれればよきこともよからぬこともするべし

わたくしを殺したのはあなた　知らざればわたくしをここに呼び出しにけむ

たのむよと言はれてわれは曖昧に笑みかへすのみ　わたくしは死者

ささの葉の熊笹の葉のぞよぞよとうしろから来るは二人なるらむ

どの男も顔しかめつつのぼり来て地上出口に空をふりあふぐ

水面の方があきらかに高きこと　橋のうへに立ちどまつて見れば
ときじくのかぐのこのみにあらねども酸ゆきこといのちむさぼるごとく
夏柑の黄色の玉は年越して太るにもあらず色深むるにもあらず

私以後収穫する人のなかりけむ夏蜜柑の木の伐り株も残らず

ときはぎのしたかげくらし　俺の歌を読むな俺の歌を書き写すな

あしおとかしたたりのおとかかすかにもひびくのはわが耳のうちがは

黴のにほひ土のにほひは菊の香に似てをり　やすらかに眠れといふか

おまへまだ死んでないだろ　濡れてひかるゴム長靴の足先がつつく

魔王にならず守護聖人にもならざるをみづからえらぶにもあらぬを

ゆるゆるとマイクロフィルムを流しつつ一九五五年七月は過ぎたり

フォーカスはこれ以上合はず切れぎれの文字に文意を二つ想ふ

夜の窓を過ぎてゆく灯のさびしきは煌々としてパチンコ屋かホテルか

ひとのいのちむさぼつて生きてゐる　おまへも　おまへもとうに死者

風なきに樹々倒れ伏す音あれど首あげて鹿が見てゐたるのみ

ながあめののちの山体の怒張かな池みづに鯉が窺ひゐたり

九月のひかり

ひさびさに乗る昼の便多摩川のここからは見えぬ六郷橋緑地

朝のうちに仕事ふたつを片づけて新幹線車中に眠るにもあらず

六郷土手下車してどの道をたどりしか九月の陽ざしただに暑かりき

一九八四年九月六日蒲田女子高裏窓の少女たち

羽田から立ちあがりゆく四発機沖の方へと旋りゆきたり

閃光

やがて雨の降りいづるべき曇天に濃淡ありてしづかに動く

父母の家の庭

その年の三月四月近隣の水源となりしこの泉はも

柳の木いたく老いたりかの日にはみだらなるほどに根を張りゐしが

ほのあかき根を池水にさらしつつ壮んなりき樹齢二十年のころ

ゆつくりとめぐる地下水いづれまた水質なども調べおくべし

放射能気にするひとの近隣にゐなくなりたれば庭に粗朶焚く　か

行政界越えてなめらかなる舗装道幅も広ければ加速す

崖のしたの漁村のみ被害ありととるに足らざるやうに　言ふ

看板の反照のなかに突つ伏して放置車輌の屋根のあかるむ

どの死者にも家族があると疑はぬは幸せな立場といふか　あるいは

まつすぐの水路が開削されて浸水被害は少なくなつたが、あれは天然の防波堤ではなかつたか。

河口ちかくで大きく砂洲に阻まるる川を見にゆきし夏のあけがた

大阪はほとんどがクマゼミ

大阪のあかときがたの蕭蕭と焼焼と　やがてShoah, Shoahと思ひつ

東京の仕事が続く。

寝苦しく明けたる朝の東京の眠眠この夏の燼燼

ひと夏にのびたる枝の影深し無花果の辺を息つめて過ぎる

黒い犬を見た記憶あらず低きより幼児を見あげてゐたのは　かすか

五十年息をひそめてありたるとわが裡をいでて来たりしこゑは

がらがらと激しく水を吸ひ込んでうすみどりいろの便器こともなし

枚《ばい》を銜《ふく》まさるる世が来るといふひとよ　言ひたきことを言うてゐるひとよ

虚無のこゑ虚無を言ふこゑとりどりに日盛りの葦簀のむかうより来つ

宗教に入れ込んでゐるらしきとぞ業績よき男めぐる尾ひれは

アスファルト滲み流れたるごとき跡くろぐろとありバスが転回す

会捉老鼠就是好猫

鼠とらぬは猫の堕落と言はぬまま美猫の喉をくすぐつてやる

電気配管スペース

高層階のＥＰＳをかけまはる物音あり糞あり姿は見えず

余長とりて巻きたるをきつく結束し柱の裏にいろいろ残る

富山県某所。一九九〇年代なかば

作業員宿舎に布団はねのけて　ひびく　安全確認の声

高圧線にグリースを塗る保守作業その恐怖など小声に言ひき

海峡をわたる架空線が風に揺れちんちんちぢんだ　と言ひてわらへり

命かけてうたふ虫どもをおとしめてアイソーポスはやすけかりけむ

死を賭くる一兵卒に及くところなしとうたひしひとの一生《ひとよ》の業《ゲフ》の嵩

いくたびか光のはしる川向かう対地放電の百メガボルト

有念にあらず無念になほあらず汗たれて夜はもの書きふかす

青葉

冷却ファンまはりはじめて表情のうまれる青き電気機関車

鞭のごとく鋭きはトングレールなるか西陽のなかにひかりが動く

ゆるきカーヴは貨物ヤードにわかれゆく錆いろのなかのぎんいろ二条

砕石《バラス》の間に草はゆれをり日ざかりの非電化区間に入りてゆくべし

青葉いまうつくしきかなふかくふかく沈みゆくごとし峠を越えて

沼岸

水の死んだ沼と思ひつつめぐる岸　蓮の花咲くころに復た来む

やがて殺すこころと思へばしばらくを明るませをり夜の水の辺

古靴を捨てむとしつつ幾月か過ぎたり片減りしたる古靴

投げた理由さまざまにあれどその男の口もとのうすわらひ

滅多なこと言ひなさるなとわたくしの影が立ちあがる壁ぎは

ブレーキとアクセルとともにいつぱいに踏み込んでゐる日々と知らゆな

地下のつとめ地上のつとめこのさきも引き裂かれつつ生きてゆくべし

枯野ではなくて沼だな　火のごときことば聞きながら見おろす

沖の光

夏草のたけだけしきを刈りはらひ直道《ひたみち》とほしき千年のむかし

下枝を落とさぬままの杉の木にすがりのぼりゆく葛の広葉の

帰るつもりあるかと問はれ濁流のせり上がる岸を思ふしばらく

はじめから自然林のごとし四十年ののち山火事の跡も残らず

朝ごとの海霧がこのあたりまで来るいつもとは違ふ七月

わだかまる雲ぬきとほす午後の光束なして沖をあかるませをり

沖をゆくしろき船影この時間はほくれん丸か第二ほくれん丸か

2014年

水光

ひとを思ひ一日暮れたる夕つかた鉄の階段を音させて下る

ほしいままに生きてきたとわれのことを言ふか　さう見えるのか

秋の野を打ちくだかれてゆくこともかの日と同じ　靴をよごして

唐突でも謎であつてもかまはないひとの一生は一日のごとし

三十年のちのことなど誰もわからず Au revoir といひてわかれき

つたなかりし十八歳をわが言へば笑ふごとく泣くごとく顔をふせたり

悄然としてふりかへるいくつもの夏　稜線にたちあがる雲

もう自分を殺しつづけなくていい――あなたが来て言ひたり　あかとき

がらんどうでありたる器　秋の素水《さみづ》みたしゆくときに　ふるへる

I know ときみが言ふとき九歳の少年のわれが顔をあげたり

それはもう四十年もまへのことあなたの記憶のなかのソプラノ

怒りつつ怒りしづめつつありし日の余燼に足をふみ入るるなかれ

死者のこと語りあひつつ互みには触れ得ざることもあるべし

＊

湖岸かすか湖面ほのぼのと見えてをりここよりは下るほかなきところ

森番にあらねば森の樹を識らずあなたが教へてくれる山毛欅の木

蜂の巣があるゆゑ迂回せよといふ深き雨裂をまたぐ迂回路

山上の小さき池のいくつかをめぐることあるかイモリの一生《ひとよ》

雨裂またぎ越えたるときのたかぶりも過ぎて秋の陽をかへす水鏡《みかがみ》

花よりも実がさきになりしと笑ひあふ果樹園ぬけて坂くだりつつ

それぞれの大切な果実　大切は比べてはならぬものとこそ知れ

生きて――ときみがいふこゑ　出でて来し秋の野に草のしろくひかれる

冬鳥のいまだ来ぬ湖《うみ》はしづかなり小さき魚《うを》がぽこんと跳ねる

稜線の東の花崗岩質の粒粗き白き砂の湖岸《うみぎし》

遠くかすむ対岸のあれは沖ノ島ひと住む町はここよりは見えず

長命寺港から渡る舟の便言ひつつ長命寺の名が出でて来ざりし

めぐりめぐる水の量感このあたりは第二環流にして北向きのながれ

湖水いまたひらかにしてみづぎはにみどりの藻草ゆらしゐるのみ

荒天のみづうみのさま語りつつ心波立つといふにもあらず

死んだふりしてゐたる日々生きてゐるふりしてゐたる日々といづれ

水の器すなはち光の器にて靄こめし水面はひかりをたたふ

ひとつ椅子

生きなほすことはできぬをいくたびもひきもどされてゆくひとつ椅子

照りかげり夜には冷える岩壁のほろほろと風化してゆく速さ

耐震工事断念せしとふ会館のベーゼンドルファーはいかになりけむ

妖怪はひとの心に巣くふものひとの言葉をわたりゆくもの

法で守る秘密はもはや秘密にはあらずと墓のなかに嗤へる

灰光

背のひくき積乱雲が北の尾根をあふれつつありと見えしときのま

雪降らぬ街にも雪の降り敷ける春浅き日に雪踏むわれは

この世の時間はんぶんはもう使つたと言ひてはんぶんが残るにもあらず

灰か雪か知らずかしらの白きことひとに言はれて思ふしばらく

大丈夫だと思つてゐた歳月をさかのぼりふるき鞄をひらく

少年のふるへる肩にてのひらを置くふりはらはれてふたたび

常緑樹の林の奥にひとしきり瀧なして落つる雪ほのじろく

をぢさんのやうな生き方はしたくない死んだ方がまし――などと言ふのか

かの街にガラスよ降れと願ひしを私の罪のうちに数へず

死ぬ気で生きる　と言ひつつ死んだまま生きてきたのだ　おまへは

風のなかに思へば昨日も今日もなし生きなほすことができるか　おまへに

みづからの半身などと思つてはならず森の樹を両手に揺する

愚かなりき性急なりきと思ひつつ痛めたる膝をてのひらにつつむ

さびしいと言ふのでもなくふるへつつ目をそむけてゐたり　冬の日

父母の辺に妹の辺にありし日のいつ終るとも知れぬ薄闇

ひとの出入りあるとも見えぬ家のうち灯ともりをり奥のはうにひとつ

灰のやうに降ると言ひつつおのづから雪を怖るる表情になる

冬の夜は灰を寄せつつ耐へてゐるときをりはうちがはも焦がして

せんかたのなきことを言ひて眼をつむる選ぶにもあらず決めるにもあらず

ぎこちなくペンギンのやうにわたりゆく灰光《ライムライト》のあかるさのなか

おとうとを助けてやると囁けるこゑいくたびかあれど　とざしつ

あとずさりしつつ扉をとざしたりしづかにいくつもの扉を

何を待ちのぞむにもあらず永遠とも思はず死児の家のあかるさ

凍雪《しみゆき》を踏み崩しつつふりかへる　おまへが殺したわけではないよ

雪しぶく野の道をひとり歩みつつ何を遣らはむといふにもあらず

くさむらに鼻さし入れてゐる犬を思へばただにものぐるほしき

とろとろとあふれてやまぬ走井《はしりゐ》にくちつけてをりきあつき走井

考へずに感じよと言ひしひとのこと雪降る音のなかに思へる

いまだわれに残れるちからゆびさきにかすかに引きいだしゆくのみ

をぢさんも馬鹿だねと言つて少年が雪を蹴る雪を蹴つて微笑む

雪折れの枝くぐりつつのぼりゆくおそらくは何も見えぬところへ

扉

ひとつひとつ扉をひらいてゆくことの　痛みは思はずに　ひらかむ

崩れざりしひと日の果ての暮れがたの拳に触れたれば崩れつ

ゆつくりとおやすみ　といつてとざしたるまなぶたのうへに降り積もる砂
つきはなされおのづからながれにのるまでのひとときのことひとのひとよは
どんな火であるのか言葉つくしながらいづれ単純に灰となるべし

荒法師

修行僧のやうなあなたと言はれつつ　道を説く　こともせざりき

ひとときに桜、白木蓮《はくれん》咲きいそぐを雨にしづめてゐる谷の家

心からたのしむといふことあらず　たのしまなかつたといふにもあらず

シーツほどの布を焼き捨てんとして火を、ライターをと叫びしは誰か

草ふかきところに歩み入りしのみ虚実皮膜《ひにく》のなかの草の穂

かのひとの死にも泣くことのあらざりしわたくしのけふの涙なにゆゑ

火のにほひ　生木のはぜる音　屋根のうへで水を撒いてゐた大人たち

一町歩ほど焼きしのみ二十年のちの大火に比ぶべくもあらず

くろぐろと燃えのこる木に手触れつつ隣の団地までの近道

眼の赤きは花粉のせゐと言ひながら医者には行かず風の中をゆく

荒法師が駈け下りてゆく谷道を緑一色《オールグリーン》といひて見下ろす

陽光

簡潔に叙すこと難し日がながくなつたと言ひてブラインドあげる

うつくしき空に遭ひたる夕ぐれのそれだけでよしといふかあなたは

なかばつちになりつつありしわたくしの肺に導き入れる外気を

海の見える丘のいただき疲れきつてゐるひとを無理に連れ出してきた

肉体がほろべば意識もほろぶべしたましひがほろぶかどうかは知らず

指さして原子炉建屋といふひとよあそこに見えるのは火力だ

かの日々には沖に航路を離しゐし牛乳運搬船白き巨船《おほふね》

社宅跡に社宅は建たず発電用パネルならんで昼をはたらく

ソーラープラントすなはち遊休地なれば地面のうへに影をおとせる

麦畑ばかりでありし頃は知らず黒紗に覆はれる二畝

記憶から記憶にぬけてゆく夢の　なきがらも見なかつたおとうと

かならずある　と言はれて目をこらすいくたびか辺縁《ふち》を折り返しつつ

机ばんと叩いてものを言ふわれの情熱とはちがふこの衝迫は何ぞ

白髭の老人が来て四十九歳《しじふく》の男を笑ふ　笑ひたるのみ

ながいきをしてよかつたと言つてくれず　ながいきしたとも言はず

風吹かぬところ日のささぬところ溜り水の辺に永く　ながくゐた

松籟と海のとどろきにつつまれてありし日は前世のごとしも

海上の橋わたりつつかいめんのせりあがりくるを見つ　とおもひき

落ちるところまで落ちてみたらいいのよと言はれつつ海のうへをたどれる

未生なる闇にわたしが蹴り殺す兄と思ひつ　今しゆきあふ

どれほども沖に出ぬままに見うしなふ灯台のあるはずの岬山《さきやま》

太陽光発電のため一生を日かげに追ひやらるるものもあるべし

生まれてこなくてもよかつたのだといふこゑはくらがりの奥　目をこらす

ああわかつた　おまへか　いいから出ておいで　古くからのぼくのともだち

感情をおさへては駄目よ　とめどなく沈みゆく感情であつても

ふりだしにもどるにあらず足をまへに出す　蹠《あなうら》に地面をつかむ

海のうへをゆくひとのむれ生身なる肉体をはこぶたましひのむれ

おのづから左右の足が前に出るをよろこぶ肉体《からだ》を心よろこぶ

歌つくる生のほかなる生なきか　なきはずはなしと思ひたるのみ

天つ日が禍つ火となつて降るところ影ひきつれて日なたに出でよ

あとがき

二〇一一年から二〇一四年の前半までの三年半に発表した作品およそ八〇〇首から五一六首を選び、第五歌集とする。年齢としては四十代の後半ということになる。この期間、二年だけの予定で東京の仕事に携わったが、いまだに東京と大阪を往復する生活が続いている。

本集の中心になるのは「短歌研究」誌上での連載である。作品発表の機会をいただき、本書を刊行できることを、まずは御礼申し上げる。カバーに藤田邦統氏の作品を使わせていただけたことも嬉しい。そしてまた私の作品が存在するのは「塔」内外の諸先輩・友人、家族あってのものである。それぞれ感謝し、御礼申し上げる次第である。
歌集を五冊も出せば、自分の内にあるものは全て出し切れるだろうと思っていた。しかし、そうはならなかった。いましばらくは試行錯誤が続くのだろう。

二〇一四年九月二十三日

著者

検印
省略

塔21世紀叢書第二六一篇

平成二十七年六月一日 印刷発行

歌集 火《くわ》光《くわう》

定価 本体三〇〇〇円（税別）

著者 真《ま》中《なか》朋《とも》久《ひさ》

発行者 堀山和子
発行所 短歌研究社
郵便番号一一二－〇〇一三
東京都文京区音羽一－一七－一四 音羽YKビル
電話〇三（三九四四）四八二二・四八三三
振替〇〇一九〇－九－二四三七五番

印刷者 豊国印刷
製本者 牧製本

ISBN 978-4-86272-433-5 C0092 ¥3000E

短歌研究社　出版目録

＊価格は本体価格（税別）です。

歌集	蓬歳断想録	島田修三著	A5判	二〇八頁	三〇〇〇円	〒二〇〇円
歌集	金の雨	横山未来子著	四六判	二三六頁	二八〇〇円	〒二〇〇円
歌集	あやはべる	米川千嘉子著	四六判	一九二頁	三〇〇〇円	〒二〇〇円
歌集	流れ	佐伯裕子著	A5判	一六〇頁	三〇〇〇円	〒二〇〇円
歌集	孟宗庵の記	前川佐重郎著	四六判	二〇八頁	三〇〇〇円	〒二〇〇円
歌集	草鞋	大下一真著	四六判	二〇八頁	三〇〇〇円	〒二〇〇円
歌集	青銀色　あをみづがね	宮英子著	A5変型	二三二頁	三〇〇〇円	〒二〇〇円
歌集	ダルメシアンの壺	日置俊次著	四六判	一七六頁	三〇〇〇円	〒二〇〇円
歌集	風のファド	谷岡亜紀著	四六判	一六〇頁	二八〇〇円	〒二〇〇円
歌集	待たな終末	高橋睦郎著	A5判	二〇八頁	三〇〇〇円	〒二〇〇円
歌集	ふくろう	大島史洋著	A5判	二三二頁	三〇〇〇円	〒二〇〇円
文庫本	大西民子歌集（増補『風の曼陀羅』）	大西民子著		二一六頁	一八〇〇円	〒一〇〇円
文庫本	馬場あき子歌集	馬場あき子著		一七六頁	一二〇〇円	〒一〇〇円
文庫本	島田修二歌集（増補『行路』）	島田修二著		二四八頁	一七一四円	〒一〇〇円
文庫本	塚本邦雄歌集	塚本邦雄著		二〇八頁	一七四八円	〒一〇〇円
文庫本	上田三四二全歌集	上田三四二著		三八四頁	二七一八円	〒一〇〇円
文庫本	春日井建歌集	春日井建著		一八四頁	一九〇〇円	〒一〇〇円
文庫本	佐佐木幸綱歌集	佐佐木幸綱著		二〇八頁	一九〇五円	〒一〇〇円
文庫本	高野公彦歌集	高野公彦著		一九二頁	一九〇五円	〒一〇〇円
文庫本	続馬場あき子歌集	馬場あき子著		一九二頁	一九〇五円	〒一〇〇円
文庫本	前登志夫歌集	前登志夫著		二〇八頁	一九〇五円	〒一〇〇円